꽃이 질 때
이별하지 마세요

김민지 시인

시음사
시사랑음악사랑

시인의 말

아름다운 경치나
꼭 저장해 두고 싶은 장면이 있으면
얼른 메모를 해두었다가
감성의 카메라로
구도를 잡고 색을 덧씌우고 명암을 살리는
작업을 거쳐 한 편의 시로 남기고 싶었습니다.

아직은 서툴고 다듬을 게 더 많은 신인이지만,
많은 격려와 충고가 큰 가르침이 될 것입니다.
아무쪼록 첫 시집이니만큼
부족한 부분은
독자 여러분들의 관심과 사랑으로
메꾸어 주셨으면 합니다.

새벽잠을 깨우던 저의 감성들이 모여서,
한 권의 책이 되어 세상 밖으로 나올 수 있도록, 곁에서 한
결같이 응원하는 남편과 아이들에게 고맙다는 인사를 전
합니다.

저의 주변에서 늘 힘이 되어 주시는
많은 분들이 계십니다.
한 분 한 분 열거하지 못하지만,
그분들께 이 책을 바칩니다.

처음과 끝이 모두 하나님의 계획 안에 있음을 믿으므로 그
분께 모든 걸 맡겨드립니다.

독자 여러분 사랑합니다.
그리고 감사합니다.

시인 김민지

청순하지만 열정과 희열을 주는 김민지 시인

김민지 시인의 작품을 읽다 보면 현대를 살아가는 우리에게 가장 교과서적인 그러면서도 가벼이 넘길 수 없는 작품들이라는 생각이 든다. 김민지 시인의 시에서는 세상 사는 이야기를 쉬운 문체로 덤덤하게 그 깊이를 독자들에게 천천히 설명하고 있는 듯하다. 아마도 김민지 시인의 시 속에는 서정성과 서사성을 반반씩 버무린 탓에 언술이 가볍지 않기 때문일 것이다. 그러면서도 재미성과 서민성의 미학을 보여주고 현대인의 이중성과 고뇌를 예리하게 짚어내고 있기 때문이다. 그러면서도 시인은 시골의 청순한 소녀처럼 맑고 사랑스러운 시어들로 그림을 그린 듯한 정겨움도 보여 주고 있다.

또한 김민지 시인의 첫 시집을 정독하다 보면 어떤 편견도 없이 자신의 능력과 열정을 불사르며 비상하려는 강한 의지를 보여주면서도 구름 속에서 낮잠을 청해야 할 것 같은 편안함을 주고 있다. 삶이 주는 무게감에서 오는 열정과 희열이 잘 표현되어 있는 것 또한 볼 수 있다. 우리나라에도 대중적이지는 못하지만, 명인과 명시도 많다. 대중매체에 노출되지는 못했지만 살면서 세상에 길이 남을 명작을 쓰는 시인 한 명을 만나는 것은, 문학을 사랑하지 않는 사람이라 할지라도 삶에서 주는 감동을 함께 느끼며 공유할 기회가 될 것이다. 독자에게 꿈과 희망을 주는 시인, 잔잔한 시심으로 다가온 김민지 시인을 추천할 수 있어 기쁜 마음이다.

사단법인 창작문학예술인협의회 이사장 김락호

QR 코드

제목 : 벚꽃 그 화려함은 가고
시낭송 : 박영애
스마트폰으로 **QR** 코드를 스캔하면
시낭송을 감상할 수 있습니다.

제목 : 초록아이
시낭송 : 박순애
스마트폰으로 **QR** 코드를 스캔하면
시낭송을 감상할 수 있습니다.

목차

목차

목차

목차

꽃이 질 때 이별하지 마세요

꽃이 질 때
이별하지 마세요

사랑이 슬픔으로
남을 테니까요

꽃이 질 때
이별하지 마세요

사랑이 아픔이 되면
안되니까요

꽃이 질 때
이별이 예감되면

견디기 어렵더라도
다시 필 때까지 기다려요

꽃이 활짝 웃으면
아픈 이별이 치유되어

이별하지 않아도 될지
모르잖아요

사랑은 언제나
아름다움으로만 남아야 하니까요

파란 새벽

암흑으로 뒤덮여 멈춰서 있던 밤
뒤척이다 잠에서 깨어난 새벽이
서서히 어둠을 걷어내며
파란 등을 들고 내게로 다가온다

뉘 집 처마 아래 둥지 튼 제비가
파란 적막 사이로 오가며
새끼 제비에 생명을 물어다
입속으로 밀어 넣었다

간밤에 내려준 한줄기 단비로
두텁게 갈라진 성난 논바닥을
물 한 사발 건네며 달래본다

오늘 새벽은 메말랐던 공기가 젖어
윤기마저 흐르는 앞마당을 보니
한줄기 소나기에도 환하게 웃어주는
이웃집 담장을 오르는 장미가 참 예쁘다.

가뭄

작열한 태양의 목마름이
마셔버려
검은 맨몸을 드러낸 상바닥

쩍쩍 갈라진 입은
물을 바라는 듯
그 모습이 허망하고 안쓰럽다

내 눈물로
적실 수 있다면
얼마든 울어 드릴 수 있으련만

토실한 알곡을 기대하던 농부는
콧노래 흥얼거리며
씨를 뿌렸는데

가냘픈 몸 겨우 가누며
하늘을 향해 뻗던 줄기도
목이 타들어 주저앉으려 하고

농심의 한숨을
갈라진 논바닥 사이로
밀어 넣어 보건만

물길이 막힌 하늘은
한줄기 물도
새어 나오지 않는구나

그리움

그리움에 목이 메어
내 가슴 멍이 드네

그리움에 목이 타
내 가슴 재가 되네

하루 이틀 사흘 나흘….

그리움의 종이배
고이 접어
눈물로 띄워 보내

저 건너 있을
그리운 그대에게
전하려 하네

가슴으로만
보면 되는 것을
눈으로 보려 했네

가슴으로만
닿으면 되는 것을
손으로 닿으려 하네

그대 있을
저 건너 바라보며

그리움 가득
이 가슴에 묻으리

가수 허만성氏의 4집 음반에 수록 예정

서리꽃

늦가을 들녘
세찬 바람에도

흔들리지 않으려 꼿꼿이 서서
아름다운 자태를 뽐내던 너

새치름한 미소를 띠며
하얀 이를 드러내던 네가

이슬로 촉촉이 젖는 법
가을비로 흠뻑 젖는 법을 익혀

영하(零下)의 찬 서리를 견디려 하였더냐

늦가을 서리 입은 네 형상(形象)에
내 마음이 어는구나

찬란했던 네 청춘이 그리워

너를 보니
시린 눈물이 내려와
나의 면상(面上)에도 서리가 내린다

어찌 네 한 몸 다 녹이면서까지
우리에겐 아름다운 모습으로만
떠나려 하였더냐

애써 태연한 척 서 있는
네 모습이 전성기에 요절(夭折)한
어느 배우와도 같구나

서리 녹으면 사그라질
네 몸을 또 어찌 마주해야 할지

차라리 겨울바람 불어와
실어 가 버렸으면.

하얀 그리움

하늘이

하얗다
새하얗다
눈이 부신다
시야가 흐려진다

굵은 눈물이 뚝
그리워서
보고파서

하얀 그리움 곱게 접어
하늘 위로 날려 보내니

허공으로 날아오른 그리움이
새하얀 하늘 속으로
사라진다

굵은 눈물이 뚝
그리워도
보고파도

그대 이젠 그리워하지 않으리

스쳐야 바람이지

바람은 스쳐야 한다

나뭇가지를 흔들어야 하고
처마 끝 풍경(風磬)을 건드려야 하고

열정으로 치닫는 내 가슴에도
바람이 스쳐야 달구어진다

부싯돌로 겨우 붙은 불씨도
바람이 스쳐야 활활 타오른다

바람은 통(通)하면
제구실을 하지 못한다

바람이 미동도 하지 않던 날
삶의 파편들은 거리에 멈춰 서있고

고독이 가슴을 스쳤다

등나무 그늘

교회 마당 등나무 두 그루
따사로운 햇살을 온몸으로
받아내어 그늘을 내어주면

오가는 사람들 그늘로 유인되고
하나둘 모여들어 너부죽한 잎사귀
귀를 활짝 열고 세상 이야기 엿듣는다

꽈배기처럼 배배 꼬인 가지 사이로
세상 사는 이야기들이 술술 새어나간다

소곤소곤 숙덕숙덕 왁자지껄

사람들의 수다가 재밌는지
이파리도 나붓거리며 끼어든다

등나무는 온종일 엿들은
얘기들로 꿈을 꾸며 밤을 보낸다

유월이 오면

유월이 오면 그대 오시려나
더운 열기를 한껏 품은
뜨거운 가슴으로 내게 다가와
나의 식어진 냉한 마음을
달래어 주시려나

혼자 오시기 부끄러워
거칠어진 파도와
바람일랑 동무 삼아 오시어
타들어 가 녹은 내 애간장을
스러지게 하시려나

유월이 오면 푸름 사이로
새로이 돋아나는 신록들과
여름꽃의 환한 미소로
따스해진 내 가슴에
나리(백합)꽃 한 아름
안겨주고 가시려나

철쭉

싱그러운 초록 속으로
내 발을 끌어당기던
산등성이 철쭉의
무성한 초록 잎들

오월의 고개를 살짝 넘으니
화려한 철쭉꽃들이
연분홍으로 뒤덮여
장관(壯觀)이로다

네게 잠시라도 파묻히어
만져도 보고 싶고
안기어도 보고 싶고
뒹굴어도 보고 싶어라

철쭉의 꽃말처럼 진정
사랑의 기쁨이로다

너를 보고 어찌
사랑하지 않을 수 있을까
그리하여 기쁘지 아니할까

그분의 오묘한 솜씨에
가슴 벅차게 화려했던 너를
이젠 보내야 하는데

내 너를 가슴에
꾹꾹 눌러 담아 오래도록
간직하고 싶어라

그리하여 삶이 팍팍하고
가슴이 시릴 때
끄집어내어

시린 가슴 따뜻해질 때까지
어르고도 보고
달래도 보고 싶어라

꽃밭에서

예쁘도다 예쁘도다
네 고운 모습 내가 흠뻑
빠져버릴 만큼 아름답고 곱도다

말로도 형용할 수 없고
세상의 수많은 글로도
다 표현하지 못할 고귀한 아름다움이로다

너의 선홍 핏빛에 내 가슴 미어지고
너의 백옥같이 하얀 살결에
내 눈이 부시는구나

나의 황폐(荒廢)해진 심령(心靈)이
네게 해(害)가 될까 봐
메마른 가슴으로는 널 만질 수가 없어

그저 바라만 볼 수밖에

예쁘도다 예쁘도다
네가 참 그러하도다

주여 당신으로 인해 그렇습니다

아침에 눈을 뜨면
행복이 창문을 열어젖히고
나에게 다가와 살포시 안깁니다
당신으로 인해 그렇습니다

당신은 밝은 태양을 이끌고
나에게 행복까지도 덤으로
가져다주십니다
당신께서는 늘 무언가를 가져다주십니다

당신의 사랑입니다

예수님과 동행하며
세상이 달리 보이기 시작했습니다
빛으로 오신 예수님으로
세상은 한층 더 밝아졌습니다

주여 진정 당신으로 인해 그렇습니다

이팝나무(이밥나무)

오월이
따사로운
해님이 데워주신 가마솥에

보슬비를
쓸어 모아
하얀 쌀로 밥을 지었다

햇살이
고슬고슬한 밥을
한술 두술 떠올리더니

어느새
맨 가지에
고봉이 된 이팝나무

봄이 고픈
나그네
요기하고 가라고

이팝나무
오월이 내린 선물로
이밥나무 되었다

행인들
오가며 시장기를
눈으로 채워간다

밤사이
하늘에서
천사가 내려와 이밥나무에

찬(饌)거리로
새까만 열매를
주렁주렁 달아 놓고 돌아갔다

침묵한 사랑

사랑이
소리 없이 다가와
맘 한구석에
촛불 하나 밝히고
슬그머니 앉습니다

사랑은
고요 속에서 속삭이지만
심장을 살짝만 건드려도
크게 요동치며

가슴이
콩닥콩닥 거리고
머릿속이 시끌벅적
요란스러워 집니다

사랑은
인지 아닌지 헷갈려서
때로는 판단력을
흐리게도 합니다

사랑은
눈치챌 사이도 없이
고요 속으로 쓸쓸히
사라지기도 합니다

사랑 중엔
말없이 왔다가
말없이 떠나는
침묵한 사랑도 있습니다

해무(海霧)

산천초목 우거진 곳
돌아 흘러
외딴 바다 수평선 우에
쉼하는 客

하늘과 바다가
서로 마주하는 것조차
시샘하는
네 속셈이 야속하다

하얗게 핀
환상 속의 네 안은
오히려 텅 빈 외로움에
더 쓸쓸하고

가끔 부는
바닷바람에
쫓기듯 따라 나온
네 몸도

자연 앞에선
철저히 소멸되고
철썩이는 파도도
너를 모른 척 외면한다

네 하얗던 살갗은
세월의 흐름에
같이 닳아 흔적 없이
사라져 가려는 구나

하나님 나와 함께하시니

내가
이 길인지 저 길인지 몰라
방황할 때
거긴 아니라고 손짓해 주시는
참 친절하신 분

내가
이것이 옳은지 저것이 옳은지
망설이면
항상 선한 일을 택하게 하시는
참 고마우신 분

내가
세상의 어떤 일로 괴로움에
잠 못 이루면
토닥이시고 달래어도 주시는
참 자상하신 분

내가
그분을 알게 되어 기쁘고
감사한대도
창세 이전에 택함 받은 자라 하시니
참 섬세하신 분

초록 아이

찬 서리 내릴 적에도 시린 몸으로
새싹을 틔워 내던
강인함이

따사로운 봄 햇살의 달콤한 유혹에
여린 속을 열어 보인
꽃이 되고

바람의 속삭임에 넘어가 내어 준 가지엔
어린 초록 잎이 한둘씩
모여들어

가지마다 초록이 섬섬히 들어차더니
어느새 빽빽이 늘어선
초록 아이들

넝쿨을 이루고 숲을 이루어 신록의 푸름도
즐겨 보라는 먼저 떠난
꽃들의 배려인가

벚꽃 그 화려함은 가고

연지 곤지 화사한
네 모습에 홀딱 빠져
밤인시 낮인지 분간도 못하게
황홀했던 열흘날은
세월 저편으로 등을 돌리고

빽빽하게 들어차 있던
너의 화려함이 꽃비 되어
하나둘 떠나간 후
맨살 된 붉은 네 몸은
어색한 고독만 남긴 채

즐비하게 늘어선 너의 길 위
몇 장 남은 꽃잎들이
내 가슴을 이리도 황망한
쓸쓸함으로 찔러댄다

이틀에 한 번꼴로
내리던 봄비가 바람과
중상모략하더니
네 행색을 이토록
초라하게 만들었구나

열흘 전 네 모습을 담던
카메라 셔터의 번쩍거림은
레드카펫 위를 걷는 듯한
우아함으로 사람들의 이목이
쏠리어 화려했던 순간들

모진 세월 견딘 후에야
다시 돌아오겠지
곧 너의 허전한 외로움도
솜소미 들어설 푸른
잎사귀들로 위로가 되려나

솜소미: 촘촘히의 옛말

꽃잎이 떨어지면

보슬보슬 보슬비가
송송히 맺힌 꽃망울에
살포시 입을 맞추어요

따스한 입김이 번지니
숨겨뒀던 꽃잎사귀를
빼꼼히 열어젖히네요

가지마다 총총한 꽃이
얼굴만 살짝 드러내고
새근새근 자고 있어요

사람들이 다가와 뽀얀
볼을 자꾸자꾸 꼬집어
발그레 물이 들었네요

싱그러운 웃음으로
웅얼웅얼 웅알이로
화답도 해 주네요

시간이 흘러
어른 꽃이 되어
꽃술도 내어주고

살랑살랑 부는 바람에
꽃잎이 한 잎 한 잎 떨어져
이리저리 흩날리어요

밤이 되니 반짝반짝
하도 예뻐서 별님이
별나라로 데려갔어요

추억의 그림자

비에 젖은 유리창을
손바닥으로 쓱 문지르면

잊었던 추억의 시간이
선명하게 드러납니다

그 속에서 옛 추억의 향기가
스멀스멀 피어오릅니다

추억이 추억 속에 있다가도
불쑥불쑥 예고도 없이 찾아들어

심장에 쿵쾅쿵쾅 지진이 나고
뒤섞이어 요동치게도 합니다

추억의 그림자는 하필 비가 내릴 때
더욱 선명해져 내 가슴을 후빕니다

비가 그치고 해님이 고개를 내밀면
마치 아무 일도 없었다는 듯

추억의 그림자도 서서히 물러나
기척도 없이 사라집니다

길 잃은 사랑

비가 뿌려서 가지마다 달린
꽃들의 결박을 풀어놓고

바람 불어와 내 가슴에 박힌
사랑의 씨앗도 쓸어가네

눈멀었던 꽃잎들은 길을 잃어도
바람 가는 데로 제 몸을 맡기는데

눈멀었던 내 사랑이 길을 잃으니
바람 가는 데로 제 몸을 맡기지 못하네

그리움이 밟히시어

그대 얼굴
가지마다
촘촘히 심어 놓고

햇살이
스치더니
활짝 웃더이다

환하던
그대 미소가
애간장을 녹였는데

살랑살랑
봄바람에
마음도 다 뺏겼는데

어느새
낱낱이 흩어져
꽃비 되어 나립니다

가지마다
남겨진
그리움의 흔적이

눈에
밟히시어
그 먼 길 어찌 가시려 하옵니까

밤을 비추는 별꽃(벚꽃)

총총히 알알이 맺혔다
터트린 네 모습을 보니

고혹(蠱惑)한 네 몸짓에
내 가슴 터질 것 같아

너를 마주하기도 부끄러워
내 얼굴을 두 손으로 가려

손가락 사이로 너를 보았건만
너의 화려함에 입이 열리고

너의 향기에 내 심장이 떨리며
손끝에 닿은 네 몸 결이 하도 부드러워

내 손이 네게 녹아드는 듯하다
너의 화려함이 빛을 발하여

밤하늘 저편 떠 있는 별마저 네가
비추는 밝음에 의지하려는 듯하더니

너는 밤을 비추는 별꽃이 되었구나

봄꽃을 적시다

목련화 뽀얗고 하얀 꽃잎들이
살갗에 비가 닿아
파르르 떨었다

매화도 벚꽃도 진달래도 개나리도
삼백예순 날을 기다려
꽃잎이 되었건만

맥없이 땅 위에 떨어진
꽃잎들은
고인 빗물에 갇혀

옴짝달싹 못하고 드러누운 채
보슬비를 겸허히
받아 낸다

나무가 드리워준 지붕도
제구실은 못하고

다시 봄을 맞기엔 너무 많은
날들을 손꼽아야
하건만

숲 속의 아침

푸른 옷으로
단장한
나뭇잎 사이로

하얀 햇살이 수줍게
반짝이며
고개를 내민다

밤새 편안했던
나무들은
게으른 하품을 하고

다른 나무와도
정겨운
인사를 나눈다

이슬 한 모금으로
마른
목을 적시고

햇살 한 술
떠 올려
아침을 대신한다

숲 속은 고요 속에서
여유로운
아침을 열고 있다

텅 빈 의자

사람들이 앉았다 떠난 의자엔
각각의 크고 작은 윤곽이 남는다

텅 빈 의자에 남은
흔적들은 외롭고 쓸쓸하다

든 자리는 표가 없어도
난 자리는 표가 난다던

누군가가 앉았다 떠난 빈자리
그들이 남긴 건 무엇일까

고달픈 삶을 애써 지우려다 남은
음영(陰影)이 자리마다
고스란히 남아있다.

봄이 오는 소리

봄이 오는 소리에 찬기가 씻겨 나가고
냉가슴엔 꽃잎 한 장으로도
가벼이 심장을 녹입니다

가지마다 만개해 울긋불긋할 꽃
대하기가 부끄러우셨나요
이리도 더디 오시니이까

가지가지마다 맺혔던 꽃봉오리
열리더니 기다리다 지쳐서
울음을 터뜨리더이다

어제 본 매화나무엔 눈물이
뚝 뚝 떨어져 매화나무
아래에 꽃 이파리 몇 장이

바람에 이리저리 너울거리더이다
봄 님이 미운 건 더디
오셔서가 아니라

님을 시샘하는 꽃샘바람이
미웠던 때문이겠지요

커피잔에 사랑이 녹아내리면

그대의 커피잔에
내 인생을
쓸어 담고

나의 커피잔에
그대의
세월을 담아 두면

밤하늘에 빼꼼히
얼굴 내민
초승달만으로도

우리 가슴속엔
온달만큼이나
환하게 비추어져

추억의 시간들을
한 모금
머금는다

그대와 나의
커피잔에
사랑이 녹아내리면

인생의 팍팍함도
부드러이
승화(昇華)되리라

붙박이 사랑

그대와의 추억을
한폭한폭
곱게 싸서

붙박이 한켠에
차곡차곡
얹었습니다

빨갛고 파란
때론 빛이 바랜
추억이라도

그곳에 쌓아두면
언제든지 그때가
그리울 때 꺼내 봅니다

내게 항상
보이는 곳에
그대와의 추억이

병거(竝居)하고
있습니다
붙박이 사랑입니다

그대 떠난 후

그대와 함께 하고도

돌아서는
뒷모습에

다시 그대가 그리워집니다

함께 있을
때보다

그대가 가고 난 후

할 말이 더
많아집니다

그대 있던 허공에

남겨둔
그대의 잔상이

내 가슴에 스며들어

서럽게 서럽게
파고듭니다

봄의 질주

수은주의 눈금이 급상승하여
봄 아지랑이와 함께
활활 타오른다

갓 피어난 꽃들도 모두
봄옷으로 갈아입고
색색이 화려해져 눈부신 빛깔이다

서로 뽐내기라도 하려는 듯
쭉쭉 뻗어 오르려 한다
힘이 달리는 애송이는

큰 키에 가리워져 세상구경은 더디어도
이미 내 손은 키 낮은
꽃 한 송이를 어루만져 달래 본다

뜨거운 봄기운에 온 세상은
봄꽃이 파도타기를
시작할 것이다

고독한 커피

세월이 녹아든
커피잔에

그리움을
갈아서 쏟아 붓고

열정으로 데워진
뜨거운 물로 채워

낭만의 달콤함을
두 조각 띄운 다음

상념의
하얀 가루를 풀어 넣고

시간을
나르던 스푼으로

근심을
휘저으며 돌려

고독을
한 모금씩 마신다

봄비2

새벽부터
소리 없이
다가오는 봄비

사뿐사뿐
새싹들이 깰까 봐

조심조심
사부작사부작

욕심일랑
모두 버리고

살강살강
내리는 봄비는

오로지
주려고만 하려는 듯

그렇게
고요한 몸짓으로

내게도 다녀갔다

하늘을 품은 호수

영롱한 푸른 빛은
에메랄드요

일렁이는 물결은
떼구루루 진주알 같다

따사로운 햇살마저
드러누워 비단이불 여민 호수

푸르고 맑은 물속에
하늘 구름 감추이고

보일 듯 말 듯 구름 사이로
빼꼼히 얼굴 내민 해님은

숨바꼭질이 한창이다

술래가 된 호수는 하늘과
해님을 잡았다 놓쳤다를 반복하고

봄볕까지 담은 호수엔
따사로움이 더해 생동감이 넘친다

술래에게 잡힌 하늘은 호수에 갇혀
하늘을 품은 호수가 되었다

3월에 내린 눈

함박눈이 펑펑 내려와
활짝 핀
꽃송이 위에

살포시 내려앉아
하얀 눈꽃 송이로
단장하고

살짝살짝
엉덩이 흔드는
요상한 몸짓으로

봄바람 난 색시처럼
들뜬 내 마음을
유혹하지만

낮 되어 금세
녹아버린 눈처럼
앙금 섞인 내 가슴에

겨우내 묵혀 두었던
마음의 때도
깨끗이 녹아내린다

3월에 내린 눈은
그래서 내게 더욱
찬란하였노라고

그대가 좋아요

내 가슴에 사랑 꽃잎
한 장 휙~ 던져두고 가신
그대가 좋아요

애간장은 녹아 들었지만
그대 향한 사랑으로 채워가니
그대가 좋아요

내 심장이 쿵쿵 뛰어
땅 위로 툭~ 떨어져도
그대의 향기로 받아줘서
그대가 좋아요

하늘 위로 구름 가듯
내 사랑도 그대 따라 갈 수 있어
난 그대가 참 좋아요

하루 동안 만난 사계절

이른 아침
한겨울에나 볼 것 같은
함박눈이 펑펑 내렸다

내리던 눈은
꽃의 향에 취해 스러지더니
굵은 이슬 되어 땅을 적시 운다

살랑살랑
봄바람의 춤사위로 꽃잎을 감싸던
하얀 보석들도 햇볕이 훔쳐갔다

줄행랑치듯
달아난 해님이 떠난 자리
칠흑 같은 어둠이 짙게 깔리고

을씨년스러운
밤이 드리워지더니
차가운 냉기가 가슴을 때린다

봄바람

추운 겨울 견뎌내고
따사로운
봄 햇살 즐기려는데

불현듯 봄바람이
나타나더니
노동을 자처(自處)한다

여기저기 흩어져 놓인
쓰레기들을
구석진 곳으로 쓸어 모으고

갓 피어난 목련 꽃
잎사귀를
떼내는 심술을 부리는가 하면

앞뜰에 비스듬히 기운
소나무까지도
흔들어 서러운 몸짓이다

아기 소나무는 뿌리가
얕아서 바람에
흔들릴 기운조차 없어

제 몸을 봄바람에 맡긴다

집 앞에 남은 먼지까지도
모조리 쓸어
가버려 앞 마당이 휑하다

겨울의 횡포인가
긴 겨울의 여운인가

보름달

하늘 꼭대기
소원 보따리
담아 가려고
기다리는 보름달

사람들은 거기다
꿈도 소원도
삶의 애환도
모두 실어 보낸다

무거운 짐 담고도
올려다보는
빈 마음 채워 주려
그 자리서 머물러 주는 보름달

하나님 심부름으로
빈 몸으로 와
하루하루 채워져 滿月이
되어 버린 보름달

무거운 근심 걱정
모두 가져가
조금씩 조금씩 비워내고
서른 날이 지나면

다시 찾아와 줄 보름달
티 없이 깨끗한 네게
내가 지닌 욕심은
실어 보내지 말아야지

찻잔

어색한 대화가 흐를 땐
내 시선은 너를 살핀다

동그란 몸통에 귀 하나 지닌
네 몸을 감싸 안아 본다

목마름이 느껴지면
너를 손에 넣고 입을 맞춘다

너의 향기가 온몸에 번지면
굳어 있던 내 몸이 녹아내린다

너의 침묵은 계속되고
나의 수다는 늘어 간다

너의 깊이를 내가 알 수 없고
나의 내면을 네가 알 수 없지만

너도 내가 있어야 하고
나도 네가 있어야 하고

우린 서로가 불가분의 관계
그러나 네가 바닥을 드러내면

난 너를 등지고 시선 주는 것도
잊은 채 인색하게 떠난다

너를 남겨두고

가로등

해가 뉘엿뉘엿 서산 집으로 향하고
어둠의 그림자가 길게 늘어지면
가로등은 서둘러 등불을 밝혀준다

해가 준 따사로움을 누린 것에 비하면
딱히 어렵지도 않은 불침번이다

어쩌다 취객이 지날 때 코를 찌르는 술 내음을
숨 안 쉬고 참았다가 내뿜기도 있지만

늦은 귀가에 종종걸음으로 내달리는
향내 풍기는 아가씨의 또깍또깍 구둣발 소리에

졸던 잠이 깰 때면 얼른 촉수(燭數)를
더 높여 길을 밝혀 준다

적막과 고요 속에서도
새벽이 오는 기쁨이 있고

고단한 외로움이 있을지라도
새날을 밝혀줄 태양이 떠오르므로

가로등은 언제나 한결같은 불침번이다

진정한 그리움이란

같은 공간에서
숨 쉬고

똑같은 밝기의 등
그것으로
활동을 하며

커튼 한 장 너머로
그대가 있을지라도

그대가 그리운 것이
진정한 그리움이다

봄의 기운

땅속 깊은 곳에서부터
봄이 요동친다

꿈틀꿈틀 기지개로 뻗은 팔이
대지를 가르고

얼어붙은 가슴들이 녹아내려
온기를 토해 낸다

긴 겨울을 견뎌낸
생명들의 몸부림인가

산기슭에서
동면하던 시냇물도

반가운 봄의 포옹에
눈물이 솟구친다

마른 가지 터트려
새싹을 뿜어내고

터져 나온 새싹들은
봄기운에 운명을 맡긴다

모든 자연들이 들썩들썩 거리는
봄의 시작은

움츠러든 심장에도
새로운 기운이 불어 든다

이별

그리움을 놓아주면
이별이 될까

보고픔을 견뎌내면
이별이 될까

기다림을 포기하면
이별이 될까

그리워서
보고파서
기다려서

그댈 놓아 줄 수 없을진대

종일토록 내리는
저 빗물 속에

이별의 아픈 눈물
씻어 내고

종일토록 흐르는
빗물 사이로

이별의 아픈 상처
떠나보내

내 님 다시는
기다리지 마라, 볼까

봄비

터질 듯 말 듯
한껏 부푼
꽃봉오리들

산고에 불려 온 산파처럼
새벽을 가르며
달려온 봄비

밤사이 긴 고통을
겸허하게
세상의 순리대로 이겨 내어

하얗고 빨간
탐스러운 봉오리
터뜨려 준 봄비

고귀한 생명을
내게도
이리 주셨을 듯

다시 한 번 내 삶에
활력을 불어넣은
봄비가

오늘 밤
내 가슴을
촉촉하게 적셔온다

진눈깨비

갓 터진
꽃잎 위에
항쇄가 걸려 있다

아직
떠나지 못한
아쉬움의 표현인가

봄을
시샘하는
마지막 몸부림인가

눈 속에
슬픈 눈물이
섞여 내려앉아

애간장을 녹인다

봄꽃

꽃봉오리들이 수군대며
봄꽃을 내게로 데리고 왔다

수줍게 미소 띤 얼굴로
나에게 살포시 내려앉은

새하얀 꽃잎 한 장

모진 풍파 참고 견디어
마른 가지에 싹 틔우던

고난의 시간을 이겨낸
봄꽃 한 송이는

기다림 한 잎
그리움 한 잎이

켜켜이 쌓여

사랑 꽃 한 송이로
승화(昇華) 되었다

고단한 자동차

낮을 지배했던 해님은
달이 오를 때쯤
밤의 권력을 놓아 준다

골목 주차장마다
빼곡히 들어선
고단한 자동차들

오늘 하루 먼 거리를
달려온 차들도

하루를 주인
오기만 기다리며
꼼짝하지 않은 차들도

같은 대열로
줄을 맞추어
쉬고 있다

주인이 가는 길을
동행하며
쉼 없이 달려온 차들이

갖갖이
사연을 담고

새벽을 기다리며
어둠을 지탱하고 있다

보고 싶은 얼굴

하루해가 저물었습니다
둥근 달을 바라보니
보고 싶은 얼굴이 그려집니다

밤하늘에도 어느덧
별들이 돋아났습니다

보고 싶은 얼굴을
더욱 반짝이며
선명하게 밝혀 줍니다

그러나 보고 싶은 얼굴은
서서히 달 속으로
더욱 스며듭니다

보고 싶은 얼굴은
끝내 달 속에서
자취를 감춰 버립니다

보고 싶은 얼굴은
달과 함께 새벽 속으로
달아나 버렸습니다

내 눈동자에 박혀 있던
보름달도 숨어 버렸습니다

보고 싶은 얼굴은
지금은 어디쯤 있을까요

겨울비

거리에 드리워진
차가운 겨울비는
내 가슴에도
시린 눈물 되어 흘러내리고

봄은 온다지만
아직 봄을 맞지 못할
냉기 어린 내 마음은 겨울을
놓아 주지 못하는데

혹독한 그리움을 앓은
나의 겨울은
텅 빈 공간을
아직 채우지도 못한 채

이 계절을 그냥 이대로
놓아 주어야 하는가

긴 겨울의 터널 속에서도
그리움의 희망을 찾으려 하였고

봄을 알리는 따사로운
햇살 틈에서도
그리움 한 조각을
떼어 보려 하였건만

나의 그리움은 끝내
공허함만으로
겨울과 봄 사이를
방황하고 있구나

천등산(겨울)

가쁜 숨을 몰아쉬며 오르는 겨울 천등산
작년 가을 나무들이 뿌린 낙엽
퇴색된 빛깔로도 화려해진
금빛 산길을 아삭아삭 걸어 본다

저마다의 색깔은 아니지만
나름 혹독한 추위를
잘 견뎌내 준 나무들이
스치는 사람들에게 눈꼬리를 추켜든다

그 눈빛 하도 미쁘워 가던 길을 멈춰 서서
숨이 차 펄떡이는 가슴으로
차디찬 몸뚱어리를
살포시 감싸며 안아 본다

정상에 오르니 참꽃나무 가지마다
빽빽이 들어선 새싹들
겨울 산 정상에 먼저
봄이 찾아오나 보다

봄을 기다리다

겨우내 동면(冬眠)에 들어섰던
나무들에 새싹을 틔우려는 듯
갈증을 내봄을 기다린다

식어버린 가슴과
냉랭해진 사랑도
봄이 오기만 기다린다

봄이 오면 얼어붙은
세상의 모든 만물(萬物)이
스러지듯 녹아내릴 것이다

봄이 오면 온기를 되찾은
세상의 모든 자연(自然)이
일어나 기지개를 켤 것이다

봄을 기다리던 사람들의 가슴에도
뜨거운 정열(情熱)로
사랑의 불이 활활 타오를 것이다

고드름

뾰족한 이빨 드러내며
오가는 사람들의 시선을
노려보는 저 당당함은

겨울은 내 것인 양
감히 넘보지 마시라는
의기양양한 자태로다

오가는 이 없는
한가한 오후가 되면
적막함에 쓸쓸하여

홀로 굵은 눈물
땅에 떨구며
외로움을 호소한다

따사로운 해님이
그 눈물 쓸어 담아
구름에게 전하고

하늘에 떠가던 구름
잠시 들러
보드라운 손수건으로
외로운 눈물 닦아 준다

거꾸로 달린 몸뚱이를
추켜세워 예를 갖추려다
온몸이 산산이
흩어지는 최후 맞는다

눈물 닦아주던 보드라운
손수건으로 흩어진 몸
쓸어 담아 구름에 실어

저 멀리 구름 가는
아늑한 집으로
함께 동행한다

파도

쉼 없는 움직임으로
생명력을 과시하며
삶에 몸부림치는 파도

큰 바윗덩어리 같은 것을
굴리며 서로 경주라도 하는 양 달려 나와
육지에 도착하면

천근만근 무거운 몸을
자갈과 모래들에
만신창이 되어도
모두 내던져 버린다

갈기갈기 찢긴
육신을 주섬주섬 주워 담아
대충 추스르면 또다시
망망대해로 길을 떠난다

아~끈질긴 고래 심줄 같은 파도여
하루를 일천 번도 넘게
육지를 드나드는 파도여

네가 품었던 꿈이 무엇이길래
수 없이 육지로 오가며
네 몸을 던졌더냐

네 몸이 다 부서지도록
너의 바다가 품은
생명을 지키고 있었더냐

안동 오일장

신시장이 북적인다
장날인가 보다

왁자지껄 북적이는
장터 속으로
사람들 틈을 비집고 파고든다

허술하게 축 늘어진
색 바랜 비녀가 위태롭게 걸려있는
할매의 처진 어깨엔
험난했던 세월의 무게가 느껴진다

앞이마가 훤히 벗어진
생선장사는 동태의 허리를 툭툭
끊다 말고 자신의 허리를 토닥인다

젊은 아낙은 아이를 둘러업고
사세요 좋아요를
입버릇처럼 중얼거린다

허리 굽은 과일 파는 아짐의
달아요 맛나요 마이주께 하는
피곤한 외침이
내 발목을 잡는다

장에는 돈하고
바꿀만한 건 다 있다

이산 저산 누비며 주워 온 밤과 도토리
강바닥 돌 밑에서 유유자적하다
잡혀 온 듯한 골부리
심지어 딸네가 사다 준
소 국거리까지도

안동 오일장은
서민들의 삶의 몸부림이
용솟음치고 있다

낙엽

가을이 성급히 짐을 꾸릴 때쯤
낙엽은 슬픈 여행을 떠난다

평생을 함께 울고 웃던
나무와 작별하고
나뭇가지에도 이별을 고한다

꾸려야 할 봇짐도
따라나설 혈육도 없이
홀로 여행을 떠난다

땅이며 산이며 강이며

한참을 내달리다
구르고 밀리어 돌에 부딪히면
갈 길이 막힌다

잠시 숨을 고르다
사람의 발밑에 깔리면
숨을 더 조인다

바람 친구 손 내밀어
다시 함께 길을 떠난다

물웅덩이를 만나면
그만 주저앉아 하염없이
눈물을 쏟아 낸다

낙엽의 눈물로 웅덩이의 물이
더 깊어져
오색 낙엽들이 슬픈 재회를 한다

햇볕이 낙엽들의 눈물을 말리지만
낙엽은 더 이상
일어나질 못한다

병들고 지친 몸은 서서히
땅속으로 파고든다

낙엽은 다시 나무로 돌아간다

붉은 노을

사람들의 고단했던 삶들이
고스란히 배여 있는
서녘 하늘 붉은 노을

오늘 하루 짊어졌던 애달픈 삶도
오늘 하루 죽어간 애타는 삶도

붉은 노을이 빨갛게
물들여 놓으면
저녁이 와서 새까만 먹물로
모두 덮어 두었다가

모든 시름 깨끗이
잊어버리라고
밤을 선물해 주실 거야

그 밤이 지나고 나면

아침이 가져다준 하얀 하늘에
새로운 하루를
파랗게 그려보는 거지

사랑 꽃

해가 지면
엷은 미소 지으며
살짝 고개 숙인
사랑 꽃

하루 종일
임 기다리다 지쳐
눈물 떨구는
사랑 꽃

임 오시면
양 볼에 붉은 미소로도
마주하지 못하는
사랑 꽃

임 다가오시어
임 그림자 드리우면
새치름해지는
사랑 꽃

오가며 살포시
지나는 바람에게
임 기다리지 않노라
전해주는 사랑 꽃

사랑 꽃은 우리 가정에서 흔히 볼 수 있는 화초를 지칭한 것임

엄마

지금은
엄마하고 불러도
와~
하는 대답이 없다

엄마는
내 가슴에 사무친
그리움이다

엄마는
허공에 자리 잡은
형체 없는 그림자다

엄마는
다시 올게. 했던 나와의 약속을
어기신 거짓말쟁이다

엄마는
나에게 후회 한 조각
남기고 떠나셨다

엄마는
내게 자식 사랑을
몸소 실천하신
나의 스승이셨고

때로는 아버지
때로는 언니
때로는 친구

나의 어린 시절에
나를 위한 모노드라마의
주인공처럼

일인다역을 소화해 내신
나만의 배우이셨고

예수님의 사랑을
가르치신 믿음의
전도사이셨고

나에게 소중한
신앙을 물려주신
신앙의 선배이셨다

엄마 사랑해요
엄마 보고 싶어요

봄 햇살이 그립다

따사로운 봄 햇살이 그립다

재잘재잘 거리며
노오란 봇짐 하나 메고
소풍 떠나는 개나리가 그립다

포근한 봄볕이 그립다

모락모락 태평스런
하품하며 잠에서 깨어날
아스팔트 위 아지랑이가 그립다

나뭇가지를 뚫고 돋아나
생명의 신비로움에
탄성을 자아낼
초록 새싹이 그립다

겨우내 움츠렸던
내 가슴에
봄바람의 설렘이
한없이 그립다

구름

파란 하늘에
새털구름은 날개를
쭉쭉 펴고 날갯짓 하고

몽글몽글한 양떼구름
양떼가 우르르
양치기가 없는 사이
거드름을 피운다

조각조각 찢겨진
행색이 묘연한 나그네
산허리에 걸터앉아
풍유(風流)를 즐기며

비행기가 내놓은 길은
한 무리의 새떼가
그저 통행을 강행한다

잠시 고개 들고
하늘 한번 쳐다보니
그 속에 아름다운
신세계가 펼쳐져 있다

이천십사 년을 보내며

당신을 처음 만난 날
환희(歡喜)에 찼던 그날

하얀 백지 위에
당신과 함께 할 날을
계획하고 설계했던 그날

약속을 잊지 않으려
빨간 동그라미를 그리기도 하고

밑줄을 긋기도 하고
휴대전화기 알람에 저장해 두기도 했던

열두 번씩이나 새로운 다짐을 하며
당신을 초대하였건만

늘 저는 준비가 부족했고
당신께 너무 소홀했던
한 해였습니다

당신은 늘 쉬지 않고
앞만 보고 무작정 달리십니다

어디 한 번이라도 여유로이
당신을 대한 적이 있기라도 합니까

당신 또한 나를 위해 잠시라도
머물러 주기나 하였습니까

벽에 걸린 달력을 보니
당신의 형체가 눈에 들어옵니다

앞만 보고 달리신 당신의 몸은
야위고 야윈 살갗 한 피(皮)

이젠 무심한 당신을
놓아 드려야 합니다

불과 한 달 후면 또 다른
당신을 맞이해야 하니까요

비의 분신(分身)

또닥 또닥 또닥
지붕을 두드리는 소리

검은 아스팔트에
칠흑 같은 어둠이 드리운다

하늘을 보니 비들이
나를 향해 달려오고 있다

천지 사방에 흩어졌던
비들이 내게로 달려든다

얼굴 위로 떨어지는
차가운 냉기가
온몸에 퍼진다

차 안으로 피신하니
유리창이 나 대신
냉기에 떨고 있다

차창에 떨어지는
톡 톡 톡 주르륵주르륵

얼기설기 나뉜 길들을
비의 분신들이 찾아 헤맨다

땅에 떨어진 비의 분신들은
웅덩이에 모여
오순도순 재잘재잘
만남의 기쁨을 나눈다

길을 헤매지 않고
도착한 비들과도

비의 분신들은
계곡으로 하천으로 강으로
흐르고 흘러
바다에서 한 몸이 된다

고난이 축복

살다 보면 예상치 못한
고난들이 닥쳐온다

누구든 그 고난이
반가울 리 없다

그렇다고 고난을
피할 수는 없다

오히려 고난을 맞을
준비를 해야 한다

그 고난으로 인해
내가 성장하기 때문이다

고통이 수반되지 않은
인생은 오히려
쉬 주저앉게도 하고

고통을 피하려 하는
인생은 오히려
자신을 나약하게 한다

내 인생에서
맞이한 무수한 고난이
내게 삶의 지혜를
가져다주었다

내 인생에서
맞이한 수많은 고난의
중심에는 하나님이 계셨다

그분으로 인해
고난을 이기는 지혜와

그분의 말씀으로
고난 속에서도 평안을
얻을 수 있었다.

주여! 당신을 알기에 행복합니다

짝사랑

혼자 웃기
혼자 설레기
혼자 기다리기

문득문득 떠오르는
그대의 잔상(殘像)

그대가 사무치게
그리울 때는

그대의 그림자라도
추켜세워

나만 그런 거냐고
하소연해 보고 싶어도

그대는 미동(微動)만
있을 뿐
아무 말 없어라

그대 앉았던
그 찻집 의자엔

그대의
남은 온기(溫氣)가
내 심장을 달군다

커피숍

참 오랜만에
커피숍을 갔다 20년쯤

주문하려니
온통 낯선 이름들

너는 누구뇨 너는 또 누구뇨
달콤한지 쓴지

시험공부 하지 않고
시험지 받은 기분

멍하니 메뉴판만
들여다본다

함께한 친구
카페모카를 권한다

이토록 고마울 수가
정답을 베낀 마냥

베낀 정답은
불안하지만 우선은 뿌듯하다

눈앞에 놓인 카페모카
맨 위층에 크림이 소복하다

이걸 걷으며 먹는 것인지
달걀 풀듯이 뱅뱅 돌려먹는 것인지

주부의 근성으로 돌렸다
잔에 입을 대고 한 모금 삼켜 보니

부드럽고 달콤하며 미지근하다
무조건 젓는 건 아닌가 보다

왁자지껄 각종 가십거리로
이야기꽃을 피우는 사람들

분주한 일상 중
가장 여유로운 시간

종업원이 비질한다
마칠 때가 됐나 보다

우린 다음을 기약하며
비질 당한 먼지와 함께
쓸려 나왔다

천연 자연색(天然 自然色) 지다

저 멀리 떠나 버린
울긋불긋 단풍들

천연 자연색으로
사람 마음 유혹하고

온 거리 온산을
오색 물결로
끌어모으더니

네가 떠난 빈자리
사람들 갈 곳 잃어
허망(虛妄)하여라

네가 수놓았던
오색의 향연에 매료(魅了)되어

내 가슴 오롯이
네 흔적 찾아 헤매이네

네가 떠난
벌거벗은
빈 나뭇가지들

초라한 행색(行色) 되어
정적(靜寂)만이 감도는구나!

문명과 자연이 合하다

문명이 낸
검은 길
샛노란 잎사귀
합(合)하다

노란 빛깔의
유혹에
내 발목
붙들리어

바스락바스락
그 길을
나도 모르게
걷고 있다

청춘을 다 바친
은행나무
잎사귀와 열매마저
내어 준다

너붓거리며
떨어지는
샛노란 은행잎

파란 하늘과
어우러져
한 폭의 수채화다

저 잎 다 떨어지면
은행나무
겨울잠에
빠지다

초입(初入)의 풍광(風光)

떠나야 할 것은 다 떠나고
보내야 할 것은 다 보낸 뒤라

소름 돋는 외로움만 남았구나

하늘 아래 구름도
겨울 초입(初入)에 쫓겨난 모양새
여기저기 찢긴 누더기로
정처 없이 흐르고

벌거벗은 오색 병풍들은
실오라기 하나 없는
맨몸이 되었구나

강나루 호수께엔
하릴없는 강태공에
수갑 채인 민물고기
죄 없는 옥고를 치르고

석양에 물들어 가는
불그스름한 서녘 너머엔
겨울을 재촉할 무거운
냉기류마저 엄습해 오는 듯하다

노란 융단(은행잎)

참으로 노랗구나

날 바람 들 바람
여기저기 온 사방에서
불어대는 바람통에

여인의 치마폭처럼
살랑거림을 견디다 못해
노란 치마폭 뒤집어쓰고
낙하한 삼천궁녀인가

길거리 노란 융단 되어
바스락바스락 내지르는 소리에
귀가 질려 조심스러울밖에

여기저기 거리를
두리번거려도
노란 융단뿐이니
어디다 내 몸을 실어야 할지

노란 빛깔에 물든
내 눈이
황달을 앓는다

기도문

하나님 아버지
우리가 무엇이건대
이 땅에 보내셨나요

하나님 아버지
우리를 얼마나 사랑하셔서
이 땅에 보내셨나요

하나님께서 주신 것으로
생명을 유지하고
하나님 주신 것으로 입고 먹고 마시며
또 하나님으로 인해
하루를 더 감사로 살아갑니다

주여 당신이 계시기에
고통 속에서도 평안이 있고
당신으로 인해 슬픔을 이기며
당신으로 인해 기쁨이 넘치나이다

오~주여 당신을 알지 못하는
당신의 자녀들을 불쌍히 여기시고
그들도 당신을 알게 하시고

당신께로 받을 모든 복을
그들도 똑같이
받아 누리게 하옵소서

주여 오늘 하루도 당신을
두려워하며 살게 하시고

오늘 하루도 당신의 발자국 위에
우리의 발자국을 포개어서
걸어가게 하옵소서

　　　예수님 이름으로 기도드립니다 아멘.

여명

이 새벽 눈을 떴네
이 새벽잠을 깨웠네

창문에 비추인 너의 환한 미소가
미소를 머금은 너의 밝은 눈빛이

새벽을 열어야만 하는
이들에겐 등불이요
새벽을 살아야 하는
이들에겐 생명의 빛이었네

어둠 속에 감추었던
인간들의 처절했던 상처들을
너의 보석같이 눈부신 반짝거림으로
모두 부숴 버렸네

오늘 하루 눈 뜸에 감사하고
오늘 하루 숨 쉼이 감사하네

너의 밝음 그 너머엔
우리의 꿈과 미래가

너의 환함 그 너머엔
우리 삶의 이유가 숨어 있었네

이 가을은 내게

이 가을은 내게
방황의 날들이었네
이 가을은 내게
비행의 날들이었네

한 걸음 떼는 것이
일탈이 되고
한 걸음 더 내딛는 것은
곧 탈선되네

내게 있어 이 가을은
폭풍 같은 바람을 몰고 왔고
내게 있어 이 가을은
쓰나미나 다름없네

내 가슴을 송두리째
뒤흔들어 고이 잠든
내 감성들에 불을 지폈네

아~ 이 가을은 내게
기쁨과 슬픔을 가르치고
아~ 이 계절은 내게
희망을 선물하네

단풍

울긋불긋 단풍든 나뭇잎들
나의 파란만장했던
인생살이 같다

긴 가지 좋은 자리도 많건만
하필 그 구석빼기
좁다나 좁은 데에 잉태되어

다른 잎사귀 그늘에
햇볕 바람비도

울긋불긋 유혹을
견디지 못하는 사람들 틈에서

내 인생을
반추(反芻)한다

바싹 마른 낙엽 한 장
바람에 이리저리 나뒹군다

비와 음악

비가 유리 위에서 걸음마를 시작한다
한 걸음 한 걸음 내디딘 발자국이
어느새 온 유리를 뒤덮었다

비의 발자국들로 시야가 흐려진다

와이퍼를 켜 본다
와이퍼의 힘찬 움직임에도
비의 발자국을 모두 쓸어내진 못한다

차 안에 흐르던 노래가
비의 걸음대로 박자를 맞춘다
이전보다 더 큰 감동이 밀려온다

가수는 비가 지휘자인 양
지휘봉의 움직임 대로 노랠 부른다

더 슬프고 아련하고 애달파서
내 눈에 어느덧 눈물이 고인다

비가 내게도 다녀가 발자국을
남겼나 보다

엄마의 새벽

바스락바스락
엄마의 새벽이 시작되는 소리

잠결에 엄마의 기도 소리가 들린다
빠끔히 눈을 뜨고
엄마의 숨죽인 속삭임을 엿듣는다

엄마는 한참 동안을 하나님과
대화를 나눈다
기쁜 일 슬픈 일 힘들고 어려운 일
모두 하나님께 고백한다

사그락사그락
엄마의 성경 읽는 소리
내가 잠에서 깰까
조심조심 책장을 넘긴다

어느새 창밖은
하루의 1막이 열리듯 어둠을 걷어내면
서서히 떠오르는 태양이
조명을 밝힌다

엄마는 시간을 확인하고
성경을 덮고 교회로 향한다

엄마의 새벽은
일상 중에서도 유일한
하나님과 독대의 시간이었다

지금은 엄마가
꿈에서 보았다던
아름다운 천국의 낙원에서
하나님과 매일매일 대화하시겠지

저녁 놀

분주하던 하루의 끝자락
서편 끝에는
붉은 눈물이 번진다

하루를 떼어내는 이별의 눈물이

고통의 삶
고독의 삶
고단한 삶

누구에겐 도약의 하루
누구에겐 패배의 하루

똑같이 주어진 삶을
똑같이 사용하지 못한다

저녁 놀 저 너머엔
또 한편의
인생의 드라마가 숨어 있다

별 보기

밤하늘을 바라보라
알알이 박힌 저 보석들을

뉘 하나 심지도
뉘 하나 가꾸지도 않았을 것을

거저 주신 것
그냥 한 번 바라볼 뿐인데
그것조차 게을리하는구나

형형색색 비추는 저 장관을
수억 만 리 비추는 저 빛을

일평생 땅만 보고 살 것처럼
일평생 앞만 보고 살 것처럼

쉼 없는 바쁜 인생들이여
고개를 들지 못하는구나

오늘 하루라도
저 별 한번 바라보자

가을비

가을비가 스며든다
아스팔트 깔린 검은 길을
은빛 카펫으로 징식한다

가을비가 스며든다
나뭇가지에 달린
예쁜 손 단풍잎을
촉촉이 적셔 떼어 낸다

가을비가 내리면
높고 파란 하늘이
구름 뒤로 몸을 숨긴다

보내는 게 아쉬운 걸까
떠나는 게 아쉬운 걸까
그래서 눈물 되어 내리는 걸까

비에 젖은 가을이
무거운 걸음으로
은빛 카펫 위에서
고별 행진을 한다

비에 젖은 가을이
내 가슴에
이별의 아쉬움 하나
남기고 떠난다

가을이라는 친구

길지 않은 가을
놓아 줄 수도
보내 줄 수도 없는 가을

내 사는 게 바빠
네게 시간 한번 내어 주지도 못하고
이렇게 훌쩍 떠나 버리면
난 어찌하라고

추운 겨울을 또 어찌 견디라고
무심한 친구 잘 가라
그래 이젠 단념하마

까칠한 겨울이란 녀석일랑은
내 뜨거운 열정으로
함 사귀어 보려네

그렇게 저렇게 또 버티다 보면
너란 친구 만날 날이 오지 않겠나

내 편의 커피

남들은 남편 나에겐 내 편
스무 해 이십사 시간을 함께 하니
눈빛만으로도 척척

늦은 아침을 먹고 나면
눈빛으로 커피~
사인을 보낸다

내가 커피를 타면
대충 컵 두 개에
커피 붓고 뜨거운 물을 붓는다

내 편의 커피 타기는
예쁜 컵 두 개를 골라
뜨거운 물에 컵을 데워
따뜻해진 잔에 커피를 탄다

내 편의 커피엔 나보다 더
뜨거운 사랑이 전해 온다

빨래

몸 내 땀내 삶의 때가 뒤섞여
지구 몇 바퀴를 돌고 온 모양새

어릴 적 통영서 먹었던
네 줄짜리 꽈배기처럼
배배 꼬인 네 식구

이리라도 만나야지
언제 또 넷이 함께 뒹굴어

네 식구 뜨거운 포옹 한 번으로
고단한 삶을
모두 씻어 낼 수 있다면

근심 걱정 탈탈 털고
해님 맞아
그 무게 덜어내면

우리 고운 네 식구 거울 앞에 서서
이 모양 저 모양내며
입가에 미소 머금겠지!

꽃이 질 때
이별하지 마세요
김민지 시집

초판 1쇄 : 2015년 7월 27일

지 은 이 : 김민지

펴 낸 이 : 김락호

디자인 편집 : 이은희

기 획 : 시사랑음악사랑

인 쇄 : 청룡

연 락 처 : 1899-1341

홈페이지 주소 : www.poemmusic.net

E-Mail : poemarts@hanmail.net

정가 : 10,000원

ISBN : 979-11-86373-11-8